文芸社セレクション

医師の手

整形外科医と私

曽我 佐和子

SOGA Sawako

文芸社

目次

医師の手　整形外科医と私

二〇一八年（平成三〇年）八月二三日　木曜日

全身麻酔がこんなに苦しいものだとは知らなかった。麻酔で眠っている間ではない。手術が終わり酸素の供給がストップし、私が個室に運ばれてからだ、あの時は、ひどく苦しかった。

とぎれとぎれの荒い息をしながら死ぬかと思った。

周囲に女性スタッフはいたが、私の担当医、森明正先生は既にいなかった。

控室で待つ優美子（私の付き添い）に一言伝えただけで逃げ足の速い先生だ。これが私の感じた森明先生の第一印象である。

せめて自分の担当する患者が普通の呼吸に戻ったのを確かめてから去るくらいの親切があってもよかろうにと、思うのだが…。

然し待てよ、ストレッチャーに、乗せられ私が手術室から運び出される時、一瞬だが麻酔は覚めていた。

「浅川さん指を動かして」と言う医師の声を私は確かに聞いた。

つまり麻酔は瞬間的に覚めたり、戻ったりと、交互の状態だったって事か。

身体の中の酸素が完全に消えると同時に胸苦しくなり「はあ、はあ」と荒くて速い呼吸が始まった。


（多分これは麻酔医の責任範囲だろう）


でも全責任は矢張り、担当医にあると私は思うのだが？

こんな状態の私を置き去りにした医師が恨めしい。

右手首関節を五センチくらい切ってガード（チタン）で留めてある。その右手を首から吊ったまま窓越しに見える調布の町並みがやたら寂しい。

優美子も帰ってしまい、自分一人になってしまった私は、心細くて泣きたかった。

「先生、森明先生！」先程の恨み節は消え去り私は医師の名を必死で呼んでいた。

会いたかった、とにかく会いたい。そして胸とは言わない彼の背中でいいから、自分の頬をつけて、思い切り泣きたかった。

最早、この時点で森明医師は私の担当医ではなく、もっと身近な恋人的男性として自分の中に受け止めていた。

どうしてこうなるのか、私自身にも説明のつかない突発的な現象であった。

回想1

二〇一八年（平成三〇年）八月八日　水曜日　自宅

右手首を骨折したのは夕方近くだった。左手にタオルを持ち右手の傷口を押さえたまま電話を掛ける。

まず奈良へ単身赴任中の息子純一。次は嫁の優美子、彼女は東京にいる筈なのに、二人共つながらない。

救急車は真夏の熱中症患者の輸送に追われて電話が繋がらず、やっと通じたのは政治家の鶴嶋氏である。

この人にだけは掛けたくなかった、今の私を助けてくれるのは彼を置いてほかにはいない。仕方なくだが、すぐ後悔した。

「救急車を呼びなさい」

鶴嶋の第一声は自分が人目につくのを恐れた発言であってもう現役ではないのに、しかも一人でホテル住まいの身に、僅かの時間も割いてはくれない。そんなに、ご自分が大切なのですか。

いいです私ひとりで何とかします。涙がぽろぽろしたたり落ちる。

深夜。台風の中を、嫁優美子が来てくれた。実家に行っていた優美子に連絡をつけてくれたのは、息子純一と鶴嶋の共同作業だったようだ。

鶴嶋も多少胸が痛んだものと思われる。

優美子は京王線の明大前駅で降り、台風の中を私の住むマンションまで歩いて来たと言う。

さぞ大変であったろうと今にして思うが、私は自分の怪我で頭がいっぱい。この時点で彼女の大変さを考える余裕はなかった。

時計は翌日の午前一時を過ぎていた。

優美子に助けられ、タクシーで駒沢救急病院に行き応急処置をして貰う。

回想2

二〇一八年（平成三〇年）八月九日　木曜日　多摩調布病院

森明医師は木曜担当医の一人だった。

世田谷区に住む私が何故調布市の病院に来たのか不思議がる医師。別段深い意味はなかった。

私も優美子も京王線の定期券を持っていた。通うのに便利という、ただそれだけの理由であった。

しかし意味ありげに首をかしげる医師。

黒板に手術の予定表が張り付けてある。来週の月曜までに自然治癒でゆくか、手術をするか決めて来いと言う森明医師。

（然し本当は選択の余地はなかった）

怪我をした日から数えて二週間目に手術とは、少し冷たいのではと思った。それを医師に聞くと、

「手術が出来るぎりぎりの線」だと答えが返って来た。

既に決まっている予定は動かせないと言う事らしい。

全体の手術予定の中に私の分を無理やり、はめ込んだのは森明医師だ。感謝こそすれ文句を言う筋合いではない。私には医療の裏側がまだ理解出来てなかった。

回想3

二〇一八年（平成三〇年）八月一三日　月曜日　午前

息子の運転する車で病院に行く。赴任先の奈良から何時帰ってきたのか、私はまるで知らなかった。

大切な仕事を休ませてしまったのか。

部屋と部屋の仕切りが外され診察室が応接を兼ねた大部屋に様変わりしていた。中央に大きなテーブルがひとつ。私と優美子が中程に座り、森明医師はテーブルの周りをゆっくりゆっくり歩いていた。

背の高い恰幅のいい体格。優美子に言わせると熊の縫いぐるみに似てると言う、顔は可愛い感じのイケメンである。

正面には先日見た手術予定表が張り付けてある。まわりを一周した森明医師は私の側に来て、

「返事は…、返事は決まりましたか?」

私は、手術するしないを、悩んだその過程をまず医師に聞いて欲しかった。静かに顔をあげると、

(医者は忙しいのだ、面倒な事は後でいい)その顔が語っていた。

私は咄嗟に「手術はしません、このまま自然に…」言葉は途中で遮られた。

医師は慌てた。「どうしてです。理由は何です」

私は応急手当をしてもらった救急病院の医師と看護師の会話を思い出していた。

「このままそっとしておけば大丈夫だろう」

果たして何を意味するのか分からないが、

(そっとしておけば傷口がくっつくと勝手に私は判断していたのかも知れない)

出来ることなら手術はしたくなかった。

それ以前に森明医師は優美子を通じて、私が一人暮らしで家事一切を自分でやっている事を聞き出していた。それなら手術の方が早いと判断したのか、整形外科の本流は手術にあったのか。それとも、医師自身が切りたいと思ったのか、患者の私には現時点では何も判断出来なかった。

車の駐車で手間取った、息子純一が遅れて入ってきた。私はまず医師に息子を紹介する。

息子は手術賛成派だった。医師の顔色が変わった。味方を得たと言う感じだ。確か最初に優美子を紹介した時「娘さんですか」「いいえ嫁です」それ以上の医師の反応はなかった。

手術を前にした緊急の場合、身内で然も男性がいいらしい。息子は適任者の一人だったか。

リハビリが大変なこと、手術した方が回復が早い事などの説明があった。私が「分かりました」と答えると全ては決まった。

森明医師はもう何も言わない。当然といいたげな顔。

息子の最後の質問「身体のなかの金属『チタン』は再手術で取り除くのか」と言う事だった。私の年齢では取らないと言ってたが、果たして？

その後、手術は全身麻酔と聞いて驚きは頂点に。
（何故それを先に言ってくれない、医者にも商談に似た取引があるのか）
この病院に来た段階で手術は決定事項だったのだ。一応患者の意志を問う形はとられたが、なんだか悔しい。

回想4

二〇一八年（平成三〇年）八月二二日　水曜日
甲州街道が混んでいて病院に着くのが一時間ばかり遅れた。
明日の手術に備えて入浴シャンプーをすませ、部屋着に着替えている時だった、いきなり飛び込んできた男性数人。一人は森明医師である。
随分慌てている。私の顔を見てほっとしたようだ。

この際、私も医師に聞きたい事があった。
「私の手、ひどいむらさき色で」お風呂の中で見た状態を医師に話そうとしたら、
「内出血してるんだ」と返事を残して、そそくさと出て行った。
（何しに来たのだろう？）

そうか、受付の際私が勝手に五人部屋から個室に変更したから、先生は私が病院に来てないと慌てたのだ。手術、前日確認の為だったのか。

あんなに手術にこだわっていた整形外科医だ。明日の手術が出来ない事になったら、彼にとってはショックだったろう。なる程と納得。

医師同士の凄まじい手術室の取り合いがあると聞いた事がある。私は裏からのぞき見した気分だった。

二〇一八年（平成三〇年）八月二三日　木曜日

本日は手術日。現在八五歳。お産を除いて入院手術の経験全くなし、未知の世界

は、矢張り不気味だった。

手術室は個室から近い位置にあった。廊下に出て左に少し行き右に曲がるとそこは手術室のスペースだ。

本日の主人公（私）が横たわる手術台が目の前にあった。天井からは恐怖の照明器具が見下ろしている。

帽子を被り手術服を纏った医師が登場した時、私は既に夢の中に突入していた。

（見たかったな。その姿）

あの体型、優しい愛くるしい顔。さぞ素敵であったろう。手術を前にした私が、医師の外科医姿を見られないのを残念がるのは変である。この期に及んで、何という私のひらきなおり態度。これも私の一面である。

それから四時間足らずの時間が経過。

「浅川さん、指を動ごかして」

医師の声を聞いた時、私はストレッチャーに乗せられて運ばれていた。かすかに私は右手指を動かした記憶がある（指が動けば手術は成功）。

でも又眠り、個室のベッドに移されると同時に、荒い呼吸が始まった。時間にすれば、ほんの数分だったが、森明医師の姿はなかった。

なんとも悲しい瞬間として自分の胸にきざまれた。

正確な手術時間三時間五六分　随分長かったようだ。

私の傷はひどかったのだろうか。

あの時椅子は左に倒れた。然し負傷したのは右手首。何故だろう。駄目だ。今考えるのはやめよう。

気持ちが錯綜していて、自分が疲れているのか、どうかさえ分からない。窓から入る微風を顔に受けながら、眠りと現実の間を、さまよっていた。

目の前に森明医師がいた。笑っている。彼が手を延ばした。その手を掴もうとしたが掴めない。届かない。もう少しのところなのに。夢であったか。

廊下の騒音と重なって、足音が聞こえる。胸が騒いだ。右手をかばいながらベッドから下り、スリッパをつっかけ扉をあけた。廊下を行き交う人々に一瞬目をやり、再び左手で扉を閉める私。

本日は金曜日。森明医師にとっては手術明けの休日だ（次の医師出勤日は月曜いや土曜日もあるのかな）。

やっとはっきり目が覚めた。

私が医師と知り合って何日何時間経った。医師と患者の関係なんて、そんな甘いものではないと教えられた気がした。

優美子が迎えに来た。意を決して帰る事にした。本当は、もう一晩泊まり医師の顔を見たかったのだが、無理である事を自分に納得させながら帰途につく。

二〇一八年（平成三〇年）八月二七日　月曜日

優美子に付き添われて病院に行く。医師に会うのが、ひどくはずかしい私。調布駅から病院に向かうタクシーの中で何度引き返そうと思った事か。

自分の勝手な想像で、医師の背中で泣いたり甘えたり私のそんな姿を医師が知る訳もないのに、自分がそうあって欲しいと願った、お馬鹿さんである。

外来の診察室前は大勢の人で溢れていた。手術後、初の診察のせいだったからだろうか。順番は、早かった。

「浅川さん、浅川ミチコさん三番にお入りください」

私は急いで扉に手をかけたのに再度「浅川さん」と呼ばれた。随分せっかちな先生である。

優美子と一緒に診察室に入ると満面の笑みを浮かべた森明医師は「こんにちは」と先に挨拶してくださいます。

私は先生のお顔を見ないで軽く頭を下げただけです。

優美子は「お世話になっております」と丁寧に挨拶。

内科、脳外科、泌尿器科など並んでいる中、整形外科の前だけが満員である。さすが当病院の看板医師である。

「どうですか」先生は私に向かって、ほほ笑みながらの柔らかい第一声。なんとか返事をしないといけない。でも言葉が出てこないのです。

多分、先生の方は（変なやつ）と思った事でしょう。

手術前日の夜に、医師が私の部屋に来た時、私は、お風呂の中で見た右手の内出血のことを話そうとした。

だが医師は急いでいて取り合ってくれなかった。

医師と話すその時、私の言葉は何のためらいもなく、すらすら出たのに手術を経由したら言葉につまってしまった。

こんなにも変化する、いや変化させられた自分の心に何が起きたのだろう。以後雰囲気だけを感じて医師の顔を見ないままでの病院通いが始まった。はっきり先生のお顔を見たのは約七カ月後の事でした。

七カ月間私は森明医師が二人いると錯覚していたのです。

何でも優しく話をしてくれる森明先生と、少しつっけんどんの冷たい感じのする森明医師です。

本来なら優しい医師にひかれてゆくものですが、私が恋に似た感情をもったのは、冷たい外観をもつ最初に出会った医師の方でした。

二〇一八年（平成三〇年）九月三日　月曜日

レントゲン写真を見ながら手首の状態を説明してくれます。よく分からないままに私はうなずいていました。然し先生のお顔を見る勇気はありません。

私の中に先生とは他人ではないと言う甘い感情がはびこっていて、まだまだ、やたら恥ずかしいだけで、顔をあげる勇気がありませんでした。


二〇一八年（平成三〇年）九月二〇日　木曜日
手首や腕の曲がり具合等を先生が手本を示すままに、同じポーズを取る私。まるで幼稚園の子供のようでした。

先生は時に机の引き出しからメジャーを出し、腕の曲がり具合などを測ります。そんな無意識の時間がやたら楽しいのです。

後に大きな苦しみが襲ってくるのも知らず、この頃はのんきなものです。ままごと遊びです。だから楽しかったのです。

恐らく先生との距離が一番近かったのは或いはこの頃だったような気もします。でも私はまだ先生のお顔すらまともに見ることが出来ないのです。ただ雰囲気の中で甘えに甘えていた時期でした。

二〇一八年（平成三〇年）一〇月一一日　木曜日

毎回ドキドキ、しながら、病院に来ます。でも何かが満たされないまま帰宅するのです。先生に心を奪われてしまった事を伝えたくなりました。

女の私から伝える方法を考えましたが思いつきません。病院に来ても先生と治療以外の事を話す機会がないのです。話の持ってゆきかたが分かりません。

とは言っても自分の過去を話すのは愚の骨頂です。ここ調布市。すぐそばに大映撮影所があります。そこに二十年通いました。

（だから本能的にこの病院を選んだとも言えます）

映画会社倒産後は、銀座に、雇われママとして…。

私は力強く生きてきたのです。

そんな事を喋ったら、軽蔑され、全ては終わります。自分がこんな内気な性格だったとは。いえ単に、いい格好しいだっただけです。

きっかけは、ただひとつ、私の気持ち（心）を医師に知って戴きたいとひたすら、願ったのです。

年齢差はどうにもなりませんが。（こんな愛しかたもあったのか）それだけでよかったのです。

そのきっかけを作るには、先ずは新聞にコラムを載せてもらえれば最高だと考えました。

東京新聞の「あけくれ」に挑戦する事にしました。

先生への感謝の意をのべたら、次は先生当てにラブレターを書きます。

内気な性格とは正反対の、ドキリとする文面で先生をびっくりさせるのです。

さて相手がどう出てくるか楽しみになりました。

でも、彼はびくともしません。淡々と自分に与えられた職務を忠実にまっとうするだけでした。

二〇一八年（平成三〇年）一〇月二五日　木曜日

恋の頂点は続いています。然し片思いです。寝ても覚めても先生の事ばかり考えていました。

新聞にコラムを載せて貰いたくて、あれこれ書きましたが、東京新聞はなかなか採用してくれません。

以前はそれ程、力まなくても軽い気持ちで素直な文章が書けたものです、何故書けなくなったのか、それは先生自身にあると感じ始めていました。

先生の周りには先生のファンがいっぱいです。

私が感じるのと同じように先輩患者達も先生を思っているとしたら、そして患者が女性であれば、先生の職業はなんという罪作りなお仕事なのでしょう。

先生が憎くなりました。

私は手紙を書きます。メモ用紙に走り書きして封筒にいれました。

「記憶の罪が私を苦しめます。先生を忘れて差し上げる事が、先生への感謝になると悟りました。今までありがとうございました」

心にもない事を書いて、私は先生のお気持ちを推しはかろうとしたのでしょうか、自分でも自分の気持ちがよく分かりませんでした。

掃除をしている女性のすきをねらって先生の机に近づき手紙を置き、慌てて外に出ようとした瞬間に、つまずいたのです。丁度先生が部屋に戻ってきた時でした。

素早く先生が抱きとめてくれましたから転倒は免れましたが。予期しない医師との接触に胸がどきどきしていました。机の上に置いて来た手紙の事も気になります。

先生は（まだいたのか）と言いたげな表情を見せて私に処方箋を渡してくれました。ヒルドイドと言う軟膏でした。説明なしです。先生の癖です。

「今度ころんだら、すりむいたら塗りなさい」です。


二〇一八年（平成三〇年）一一月八日　木曜日

「浅川さん浅川ミチコさん三番にお入りください」扉に手を掛けると再び「浅川さん」と呼ばれ、いつもと全く同じパターンで始まります。

相変わらず私はうつむいたまま先生と九五度の位置に座っていました。今日の先生何だか何時もと違います。

「傷跡周辺が、かぶれたりはしませんか、もしかぶれるようなら、湿布をやめて塗り薬という手もありますから、遠慮しないで言ってください」

そう言いながら先生は私の右手を取り傷跡に、そっと手を添えて眺めています。なにを考えているのでしょう。

今日の先生は優し過ぎる。前回私が先生の机に置いてきた絶縁状みたいな手紙、あれのせいだろうかと思ってみた。

そんな馬鹿な、先生の性格から言えば怒るか無視するかどちらかである。いやはや、正に後者の方であろう。然し何か不気味でもあった。

二〇一九年（平成三一年）一月一〇日　木曜日

新しい年が始まりました。

昨年は表面的には苦しい日々でしたが、右手が使えないのでは可哀想と、神様は素敵なお医者様を紹介してくださいました。

不思議な巡り合わせです。初日が木曜であったことが全ての始まりでした。

神様少し悪戯が過ぎませんか？　息子と同じ年代の男性に恋に似た感情を持たせるなんて残酷です…。

病院からの帰り道、私は神社に回り道します。お礼と嘆きを合わせ持った初詣をしたのです。

（神様はさぞお困りになったと思います。私の終局の目的がこの美しい医師にある事を申し上げたからです）

二〇一九年（平成三一年）二月一四日　木曜日

前回診察日の帰り際（一月一〇日）先生が私に質問しました。

「次の予約どうします？　二月七日、それとも二一日、どちらも木曜だけど」

私が黙っているので側で優美子が、

「お母さんどっちなの」とせかします。

「どっちも駄目。中間がいい」と私が答えると、

先生は、にやにや笑いながら一四日の予約表を渡してくれました。

最初から先生には分かっていたのです。この日がバレンタインデーである事が。この医師が如何に、もてる男であるかという事の証明です。

（バレンタインデー当日）

目が覚めたのが八時。さあ大変、病院は九時三〇分予約。調布駅で優美子との待ち合わせの時間が八時、どうする。


兎に角、急いで着替えて猛烈な速さで走った。

明大前駅で発車寸前の特急に飛び乗り、調布駅で降りて又走った。

（転んで怪我しても、先生がなおしてくれる）

無茶苦茶な私でした。


二〇一九年（平成三一年）三月一一日　月曜日（雨の日）

本日は予約日ではないが次に行くのは二カ月も先だ。森明医師に会いたい。

（私の淡い恋が少し真剣味を帯びてきた。そろそろ危険水域に達しそうだ）

遊びは遊びとして早く始末しなくては大変な事になる。いやこれは遊びではない。

過去の男性鶴嶋を引き合いに出しては現在の私の気持ちが汚れてしまう。

鶴嶋は息子の会社の上司であって、たまに息子夫婦を交えて食事を共にする事はあっても私との関係はない。苦しい言い訳だと人は言うけれど。

森明医師の登場以来、私は鶴嶋氏の事は考えない事にしていた。考える事自体が裏切りを意味する。お世話になったのに申し訳ありません。心で詫びる。今の私には森明医師が必要なのです。許してください。ずるい女なら両天秤にかけたでしょう。それだけはしたくなかった。


私は病院に電話を入れる。女事務員が出た。

「森明先生とお話ししたいのですが」

「あいにく森明医師は電話に出られません、どんなが具合ですか」

「傷痕が少し痛みます」

「それでは森明先生の診察日にいらしてください。早い方がいいですね、来週の月曜日は如何ですか」

森明医師の診察日は月木土の午前。月木は知ってたけれど土曜日もあったのか。

「森明先生はお忙しいからなかなかお時間が取れなくて」

受付の女性の声が意地悪に聞こえた。

そして当日、出掛ける寸前になってひどい雨になった。

簡単に化粧をした。今まで病院に行く時化粧などしたことはない。これでは嘘がバレバレではないか。まあいい森明医師に会えるなら、勇気を出す事にした。

病院の近くになると雨がますますひどくなった。急患を装って病院に入る後ろめたさ、私はひどい女。何時から、こんな自分になったのだろう…。

受付カウンター前で森明医師の予約表を持った女性とすれ違う。たったそれだけの事で嫉妬を感じている。

私は本当にどうかしている。

診察室に一番に呼ばれたのは私だった（急患扱い）。室内に入って驚いた。森明医師も雨にやられたのか、上着を脱いでシャツ姿だ。机の前に腰掛けていたが、足が机の陰にかくれているので、ズボンを穿いてるのかどうかさえ分からない。

看護師が出たり入ったりしていたが、とにかく医師と私の二人きりと言ってもいいくらいの雰囲気の中にいた。半分裸の先生と一緒なんて最高に楽しかった。

森明医師は人がいい。私が嘘をついてここに来たとは疑っていない様子。

「とにかくレントゲンを撮ってみましょう」

その必要はないのだが、成り行きにまかせるしかない。

机の上に写真が立てられても私は見ようとしなかった。

「どうします、湿布を出しますか」私が困っていると、

「かぶれるといけないからやめとくか」

医師は自分の問いを、自分で打ち消した。

(もしかしたら森明医師は私の嘘に気がついているかもしれない)

私は事務担当の言った言葉を思い出していた。

「森明先生はお時間が取れなくて…」

以前にも聞いた事がある。要領よく、患者を追い払う言葉だ。

これは手ごわい医師を好きになってしまった。

今更、後悔しても遅いが。

二〇一九年（平成三一年）四月二三日　火曜日

本日の東京新聞朝刊に、私のコラムが掲載された。

とにかく嬉しい、すぐにも持って行きたいが、まず森明医師の予約を取らなくては。予測したとおり、連休前の病院は混雑していた。五分間だけでいいからと、事務所に頼み込んだのです。

今日こそ先生のお顔を見よう、目を見て話そうと自分に言いきかせていました。

二〇一九年（平成三一年）四月二五日　木曜日

最初、私は立ったままだった。先生は私の右手の甲の辺りを握っていた。まるでダンスでもするかのように、室内を少しずつ移動していた。

医師が私の手の甲側を握るのには理由があった。当然その裏側は手術跡だ。傷は既に治っているのに、医師の優しさがそうさせるのだった。

ゴールデンウイーク前の混雑のせいで比較的広めの部屋が用意されていた。

客や患者達はもう一人もいない。

黒板の前に看護師が一人立っていた。

私は周りをキョロキョロ見渡す。先生なぜか口をきかない。先生にひっぱられて行き椅子に腰をおろす。

本日は向かい合っての位置だから、何時もの斜め九五度の位置とはちょっと勝手が違う。

真正面で互いの顔を見る事になった。

瞬時に私は先生の目を見た。先生も私を不思議そうな顔で見ている。何分間くらい過ぎただろう。

先生まだ口を開こうとしない。私は困った。目を逸らすことも、口を開く事も出来ない。

「やっと見てくれましたね僕の顔」真剣な声だった。

私は恐縮して「すみません」とだけ答えるのが精一杯。

「捜してたんだろう、もう一人の森明医師、執刀医を…」

「えっ！　それではやっぱり先生はお二人…？」

　突如先生は笑い出した。

「何言ってるんだ。森明医師は一人しかいないよ」

「やっぱりそうでしたか」

「気づいていたのか」

「だって声がそっくりでした、浅川さん三番にお入りください。耳をすませて、何度聞いても同じでした」

「しまった。今日は僕が執刀医になればよかったかな」

　優しい先生役の森明医師は雄弁であった。暫く笑いが止まらないくらい笑っていたが、真面目な顔になり、

「君の歳では、と言うと浅川さん不機嫌になった」

「だって歳だ歳だって言われると、矢っ張り悲しいです」

「そうか、だがこっちも大変だったんだ」

「そうでしょうね二役を演じ分けるなんてそれこそ先生名医です」

「どうして僕の顔見ないのかが不思議でね、何か悪い事をしたのかと考えたが思い当

たらない」

「優しい柔らかい先生と、きびしい先生の差が本当におみごとでした。今日こそはお顔を見ようと心に決めて来たのです」

「で、どうだった」

「お一人だと分かったのですからどうもこうもありません」

「じゃあどっちが好きだった」

「お二人の雰囲気は凄く似ていました」

「あたりまえだ、然しそれでは失格なのだ」

「何故ですか」

私は「あけくれ」を取り出し、先生の横の小机に新聞を置いた。「なに！」

「コラムが新聞に載ったら先生のお顔を見る事に私の中で決めていたのです」

（整形外科医と私）のコラムを先生は読み始めた。

少し離れたところに立っていた看護師も寄ってきて先生の横に立って読んでいる。

先生付きの看護師は何時もは年配の人だったが、今日は違う、三〇歳代の女性であった。

先生にひどくなれなれしい感じで、もしかしたら先生の妻のような雰囲気も受けた。

その彼女が「コピー取ってきましょうか」と先生に伺いを立てた。

「いいです新聞は差し上げます」私は言った。

二〇一九年（平成三一年）四月二七日　土曜日

朝、私は電話で優美子に聞いた。「森明先生どんな顔だった」

「えっ、もう忘れたの、会ったばかりなのに」

「目と目を合わせて、よく見た筈なのに記憶が遠くにあってぼんやりして分からない。七カ月間って長い。なんだか悲しい、もう一度行ってくる」

「今から行って予約とれるの」優美子が言う。

「急患で飛び込むから大丈夫」

「今日はよーく見てくるのよ」優美子に念を押されて病院に来た。

先生は長椅子に腰掛けて、前のテーブルに置いてある書類の中から何かを探していた。私はその長椅子に先生と並んで腰掛けた。

「あっちで待っていなさい」先生が言う。

何時もの九五度の位置ではないので、ちょっと勝手がちがうが、先生のそばにいたかった。今は先生の右横顔が見えている。

距離が近いから、かなり大きく見える。タイプは半分つっけんどんだった頃の最初の先生だ。

（私が最初に恋を感じた先生である）

先生の右顔を見ながら頭の方に視線を移すとあった白髪が一本、長さにして五ミリ。無茶苦茶嬉しかった。

私がすっとんきょうな声を出したので先生が振り向く。

「どうしました？」

「何でもありません」

「今日はどこが痛くなったのかと聞いているのです」

扉が開いて看護師が入ってくる。

「あら浅川さん、今日は？」

「忘れ物したんです」

まさか先生の顔を忘れて再度見に来たとは言えない。

それらは、もう何カ月も前に終わっている筈の場面だ。

私がコラムに書いた喜びの瞬間シーンである。

例の二本指で先生は私の傷痕をさすりはじめた。

私は恐る恐る右手を医師の前にのばす。

「さあ、手を出して」


看護師の手前、私が困らないように取り繕ってくれた医師のとっさの判断が嬉しかった。

同じ先生なのに、一昨日会った先生は他人で、今話している先生は恋人のような、気がしてきた。

何故なのだろう。多分役柄のせいだ。年齢を心配して危ない目に遭わないように身内の気分で注意してくれたのに対して、もう一人はと言っても同じ人間だが、患者として私を客扱いした違いだった。まさに名演技であった。

俳優出身の私が言うのだから間違いない。

医者にしておくのは惜しいと言ったら叱られるかな。

主役と脇役だったのか。私はおかしくなって笑った。

笑った意味は違うが先生も笑った。看護師が扉の外に去ってからの事である。

今の先生のその笑顔がなんとも可愛いのだ。私にとって不思議な幸せの瞬間であった。


二〇一九年（令和一年）五月一六日　木曜日
名前を呼ばれて診察室の扉に手を掛ける。カーテンを留めてあったお手玉状のものが外れて落ちてきた。私の背中にひっかかったようだ。

部屋の奥で「あっ」と言う看護師の声がした。

その日私は黄色い、すけすけの上着を着ていた。今日初めて着た新品である。落下物の留めがねが洋服に引っ掛かったようだ。

先生がそばにある、椅子に私を座らせ、丹念に背中の物体を外している。私は前を向いているので、先生の手は見えない、然し手の感触は伝わって来る。

洋服が柔らかい生地だから、かなり神経を使って取り外しに、てまどっているようだった。

でも外科医というのは、手の器用さでは抜群であることを知った日でもあった。


先生ありがとう。

二〇一九年（令和一年）五月二三日　木曜日
二〇一九年（令和一年）五月二三日　木曜日
（同じ日の予約表が二枚）何度も何度も念を押された。
必ず来るようにと、もう二カ月も前から渡されている。

余程大切な事があるのか？　不思議である。

約束させられたのは、勿論当時の恋人的先生からである。

その日は部屋の雰囲気も違っていた。カーテンも黒板の周りも控えめではあるが、奇麗に整えられていた。

私が呼ばれて、室内に入ると、何時もスタッフがいる位置に背広姿の中年男性が数人入ってきた。

先生はと言えば本日は、大変お洒落している。

シャツの上には、明るいブルーのベスト、然もノースリーブである。

下は同色同生地の短パンで。普通こんなスタイルが似合う男性はあまりいないだろう。せいぜいフィギュアスケートの羽生結弦くらいなものである。


私は単に診察を受けに来ただけなのに不思議だった。

何の予備知識も与えられてなかったので少し戸惑った。

かなり広いスペースだから、自分が腰を降ろす位置も分からない。

「こっち、こっち」先生の手招きする方に行く。

部屋の中央の椅子に座らされた。何だかステージにあがった気分だ。先生は私の真向かいで、客を背にしていた。

「今日は一人、彼女は？」

「ああ優美子ですか、先生の事を好きだ好きだと言うものですから本日は置いて来ました」

（ずるい、本当は私自身が先生を好きなのに、優美子のせいにしてしまった、ごめんね優美子）

「彼女は妹さん？」

（まずい。今更息子の嫁だなんて言えない、モテモテ先生の雰囲気を演出しているのにぶっ壊してしまう）

以前先生に嫁として紹介したと思うが、数多い中だ、忘れても当然だろう。

そして手をあげた。

「先生本日は何の…催しですか」と聞こうとしたが、私が言い終わらないうちに先生は席を立ち数人の男性客の方に行き、一言二言喋って又私のところに戻ってきた。

（もう始めていいとの合図）か、机の上には私の右手のレントゲン写真が置かれている。何時もの診察風景だ。

もしかしてこれは医師の進級テストか。

先生から私に幾つかの説明があって、その後の私自身の様子と、感想を求められた。先生は常に笑顔であった。

料金受取人払郵便

新宿局承認

1408

差出有効期間
2021年6月
30日まで
（切手不要）

郵便はがき

1 6 0-8 7 9 1

1 4 1

東京都新宿区新宿1－10－1

(株)文芸社

愛読者カード係 行

ふりがな お名前		明治 大正 昭和 平成 年生 歳
ふりがな ご住所	□□□-□□□□	性別 男・女
お電話 番 号	（書籍ご注文の際に必要です）	ご職業
E-mail		

ご購読雑誌（複数可）	ご購読新聞 新聞

最近読んでおもしろかった本や今後、とりあげてほしいテーマをお教えください。

ご自分の研究成果や経験、お考え等を出版してみたいというお気持ちはありますか。

ある　ない　内容・テーマ（　　　）

現在完成した作品をお持ちですか。

ある　ない　ジャンル・原稿量（　　　）

書　名				
お買上 書　店	都道 府県　　　　市区 郡	書店名	書店	
		ご購入日	年　　月　　日	

本書をどこでお知りになりましたか?
1.書店店頭　2.知人にすすめられて　3.インターネット(サイト名　　　　　　)
4.DMハガキ　5.広告、記事を見て(新聞、雑誌名　　　　　　)

上の質問に関連して、ご購入の決め手となったのは?
1.タイトル　2.著者　3.内容　4.カバーデザイン　5.帯
その他ご自由にお書きください。
(　　　　　　)

本書についてのご意見、ご感想をお聞かせください。
①内容について

②カバー、タイトル、帯について

弊社Webサイトからもご意見、ご感想をお寄せいただけます。

ご協力ありがとうございました。
※お寄せいただいたご意見、ご感想は新聞広告等で匿名にて使わせていただくことがあります。
※お客様の個人情報は、小社からの連絡のみに使用します。社外に提供することは一切ありません。

■書籍のご注文は、お近くの書店または、ブックサービス(0120-29-9625)、セブンネットショッピング(http://7net.omni7.jp/)にお申し込み下さい。

その顔は「そうだ、それでいいのだ」と、あたかも相槌を打っているかのようであった。

最後は「手の中のガード（チタン）を取り出すのか、否か、次回までに、家族とよく相談して来て下さい」と言って締めくくった。

立ち上がると明るいブルーの洋服がよく似合う本日の先生。かすかに私に、ウインク紛いの視線を見せた。

もっともっと、そんな先生の姿を眺めていたかったが次の患者を呼ぶ指図が入った。同時に客（多分審査員達）も出て行った。

何故前以て本日の事を知らせてくれなかったのだろう。そうか、あくまで、診察風景の自然の姿を重要視したのだと私は判断した。

でも何故私が本日の患者の主役モデルに選ばれた？

先生は外の誰よりも私に信頼を置いてくれていたのだ。と考えたいが、うぬぼれるはやめよう。

その後、病院玄関の受付機械の中に入れてある先生のお写真の位置が右上位に変わっていた。

進級試験、合格ですね、おめでとうございます先生。お祝いして差し上げたいのですが、どうしましょう。

そしてこの日、先生達の人気投票もあったらしい。

当然森明医師がトップである。

二〇一九年（令和一年）七月六日　土曜日

診察室前に私が到着した時、扉が開いて出てきた女性がいた。どこかで見た事があると思った。

そうだ、リハビリ室で右手首のマッサージを受けていたあの彼女だ。

私と同じ手首の怪我だったので記憶にあった。

本日の彼女は、今ふうの、洋服を身につけ、首には、洒落たスカーフを巻いてる。どう見ても、その姿は、好きな男性とデートでもする時の雰囲気である。普通、病院に来る時は普段着のままか、簡単に脱ぎやすい衣類で来るのが当たり前だ。こんな、いで立ちは絶対しない筈。

彼女は森明医師に会いたくて病院に来ていると私は睨んだ。ライバル現れるか。

私は最近、やっと先生のお顔を見たばかり。お洒落な洋服や、アクセサリー等は、これからの仮題であった。

恋文もまだ渡してない。新聞のコラムで今やっと相手の心に届きそうな予感の段階である。

別に先を越されてしまった訳ではない。

先生と彼女が何らかの関係があったかどうか、それは分からない。

然しひどく気になる事例ではある。これによって私自身の闘志も燃えてきていた。

彼女は私より、だいぶ若い、ならば私は、私の得意分野で勝負してゆこう。

以前に私は、森明医師からの説明を聞いた事があった。彼女は手術後手首の関節に引っ掛かりを感じ、ガード（チタン）を取り出す再手術をしたと聞いた。

倫理上から言えば、医師たるもの第三者に病状を明かしては、いけない事になっている。

でも彼が敢えて、それを口したのは、私と大体同じ位置の怪我であり参考になればとの配慮からであったのだと思う。又私がそれを悪用するなどと先生は思ってない。

医師に信用されている事が私には何より嬉しい事であった。

二〇一九年（令和一年）七月二七日　土曜日

滅多に土曜日に病院に来る事はなかったが、この日なら或いは、森明先生との時間が余分に取れるのではと思い予約を入れておいた。

診察室前で女性達がわいわい騒いでいる。

先輩患者達がこんなに大勢いるとは知らなかった。男性も数人いた。何が始まるのだろう。いや全員患者とは限らない。

扉が開き先生が顔を出した。

「浅川さんどうぞ」いつもは室内からマイクで呼ばれるのに、どうしてだろう？　私のほかに本日は診察患者はいないのだろうか不思議である。

以前土曜日に来た時は、先生は机に向かってパソコンを打っていた。あの時も患者はいなかった。

土曜日はある意味自由に予定を組んでいるのだろうか。

先生は私を見て「どうしました」と聞く。

本日は診察のない日だったらしい。予約係が断りかけたのを、たまたま、そばにいた先生が、待ったを掛けた。

私が「手が痛いんです」と言うと「えっ」先生は驚く、手術跡のトラブルとでも思ったのか。

「左手なんです」と言うと先生は、私の言葉に幾分安心した雰囲気を見せた。

「取り敢えずレントゲンを撮りましょう」

その結果は「母指ＣＭ関節症」と診断された。

危うく「君の歳ではといいかけて」先生は笑った。

歳の事で私が傷つきやすいのを気にしているのだ。

最近、私の性格がだいぶ分先生に浸透してきたようだ。

「ありがとうございました」私が帰ろうとしたら、

「気をつけて。次の診察日分かってるね」

「はい」

先生の笑顔がしばらく私を見送ってくれている。

廊下には、先日の彼女も交ざっていた。老人会云々の話をしていた。表の看板にも書いてあった。

老人会ってなんだろう。

自分が一人仲間はずれにされた気がした。

世田谷区に住む、私には多分関係ない集まりだろうけれど、少し気になっていた。

私はその夜先生に手紙を書いた。

二〇一九年（令和一年）七月二七日　土曜日（夜）

今宵も眠れそうにない。私は今忘れなければならない記憶に苦しんでいる。一年半前、右手首関節の手術後、ストレッチャーに乗せられ運び出される時、

「浅川さん指を動かして」と医師の声がした。

私は、指をかすかに動かした記憶がある。麻酔が完全に覚めてないのでその事実は

すぐに忘れた。

後でその時の様子を周囲から聞かされると、胸が締め付けられ身体の意識がよみがえってきた。この時点で私は森明医師を好きになっている事に気づきます。

先輩患者達にも同じ経験がある筈、でも彼女達は数多くの患者達とグルになって何かをやっている。私はその集団には入れない。

入りたくもない。欲張りかもしれないけれど私は、先生と二人だけになりたかった。でもそれは許されない事なのですか。

先生を追いかけるのは止めよう。私が先生を忘れてあげる事が、私の先生への感謝であると、以前に書いた事がありました。でもそれは間違いでした。

格好つけたことで、私は先生に媚を売っていたのす。

然し、既に見破られていましたね先生に…。

それでもこんな私を許してくださったのは何故ですか。

何年も銀座で働いていた。女に飢えた男ならいざしらず外観も内面も最高水準の男性に通じる訳がない。

いっそのこと怪我をして病院に来た最初の日を思い出してみるといい、と教えてくれた人がいました。

手の怪我と同時に足にも怪我をしてると思い、医師の目の前で私はズボンを下ろそうとしました。

「歩いているんだろう、それなら大丈夫」と先生が言ってくださらなかったら私は先生の前で、あられもない格好をしたに違いないのです。

(今それを思うとひどく、恥ずかしいですが)

純粋そのものの姿。それなら、なんら下心はないから、医師は笑顔で迎え入れてくれたであろう。と教えてくださったのは外ならぬ先生ご自身でした。

この頃でした。例の先輩彼女が「森明先生は女性に興味はないのよ」と私に言ったのです。どうして私にそんな事を言うのか不思議でした。

「そうでしょうね。奥様もお子様もいらっしゃるみたいだし」私がそう反論すると、彼女は必死になって私を追及してきたのです。

私とて先生の私生活を知る訳はありません。

何故そう言ったかと言うと、私の手術跡がだいぶ快復して「もうそろそろお風呂につけてもいいか」と先生に質問した時の事です。「何だ、まだお湯につけてないのか」先生は「バッチイ」「バッチイ」と言って私の手術跡を軽くひっかきまわしたのです。そのバッチイの言葉がおかしくて私も一緒になって笑ったのですが、（あっ！　これは幼児語だ）と思ったままでの事で、実際の事は知りません。

私にとってはどうでもいい事だったのです。私自身が先生を好きになった事実そのものが大切だったわけで、周囲を詮索する余分のエネルギーは不必要でした。視点はただひとつ、一点を見つめていれば、それでよかったのです。

二〇一九年（令和一年）八月二九日　木曜日

一年余りにわたった右手首骨折から卒業する日がやってきました。「家族の意向を確かめたか？」と言う先生の質問に答えなければなりません。

奈良へ単身赴任中の息子とは真剣に話す機会がないまま本日を迎えていたのです。

もう格好つけるのは止めよう、本日は素直に話そうと思っていました。

「母の手の痛みの具合がよく分からないので自分自身では判断出来ませんでした」と息子が言った言葉のみを、そのまま先生に伝えました。もう取り繕うのは懲り懲りでした。

先生は笑いながら「そうか」とだけお返事。

そのお顔を見た時、先生には矢張り真実を伝えるのが一番いいと実感しました。

手の関節に留めてある金属を取り出す云々については、以前、全身麻酔で疲労した事から、再度手術したら今度は死ぬかも知れないと考えました。

年齢から言えば死んでも不思議ではない年頃です。

大好きな森明医師によって人生の最後を迎えるのも悪くないと思いました。本気でそう思っていたのです。

然し、それでは先生に汚点がつきます。結論は出ないまま今日に至っていたのです。

私の当時の日記には、こう書いてありました。

先輩患者の時の二の舞いにならぬようにと、先生はメスに心を込めて私の右手関節を造り上げてくださったのです。（ガードもチタン）も今は、私の身体の一部です。

この手には先生の愛がこもっているのです。思わず私は右手関節の上を左手でそっと触っていました

先生とは向かい合わせに腰掛けたまま、何時になく、ゆっくりお話をしました。今後の注意も含めて、あの優しいお顔は、ただ今私だけの為に話してくれています。先生を独占出来るってこんなにも楽しいことなんです。これで最後になるなんて嫌です。先生とは今後もかかわりあって生きていきたい、さて私はどうしたらいいのでしょう。途方に暮れていました。

二〇一九年（令和一年）一〇月二一日　月曜日

診察室に入ると、先生は私を見て怪訝な顔をしました。

（先生の中では私の病院通いは終わったものとして処理されていたようです）

「どうしました」先生は硬い表情のままです。

「八月二九日以来、私は今日までずっと寝ていました」との発言に、先生一瞬何かを考える素振りを見せ、しばらく無言のままでした。

やがておもむろに口を開くと、

「ここは整形外科だ、君の症状はどうやら内科のようだ。近所（世田谷）には内科はないのか、ならば当院の内科の医者を紹介しようか」

何時もの先生ではありません。意地悪です。その言葉にはするどい刺がありました。

「結構です。一人で行きます」

私も不機嫌まるだしで答えました。

「では気をつけてゆくのよ」奥にいる看護師の声です。

「足が痛くてここに来たのに…」私は半分べソをかきながら訴えます。

先生の表情が瞬時に変化「それならそうと先に言いなさい」嘘みたいな優しい声です。

先生、手で合図。こっちに来いと言う事らしい。私は先生の机の横に行きます。

「寝ていた（症状）の前に（足）の痛みが先だろう」

先生ブツブツ言いながら笑っています。

「さ、最初からどうなって、どうしたか話してごらん」

先生の言葉は今は親切です。私の顔を覗き込みながら、同時にパソコンに打ち込んでゆきます。

「普通に歩いている時は痛くないのですが、階段とかになると痛いんです。つまり足を曲げると痛むのです」

「ほう、曲げると痛い」おおげさな位感動的な先生の言い方です。

私はふと変な事を思い出していました。

銀座のママ時代、周辺の店は繁盛してるのに、本日に限り客足が遅い時の心の焦りです。

病院と比較しては申し訳ないのですが、人間の感情の底辺は同じような気がしたのです。

先生の言葉に力がこもります。目の前の患者が自分を頼り切っている事に喜びを感じているのです。

初めて気が付きました。勤務医にとって患者は客であったのだと。

美男で名が売れていれば尚更プライドもあり、いらだっていた筈です。

「腰は痛くないのか」

「腰は大丈夫です」

先生の真剣さにつられて私の喜びも倍増していました。

愛につつまれている感動が胸にこみあげて来て、足の痛みさえも薄らいでいるかのような気がしていました。

胸いっぱいの私は、その夜、先生に手紙を書きます。

(日記のかたちで過去を書きつらねてゆきました)

「二〇一八年八月二三日」

何と言ってもあの手術です。術後一週間たたないうちに右手で紙に自分の名前を書く事が出来たのです。

メス一本でもって私の右手関節を治してくださったのですから、私にとって先生はスーパーマンでした。

もう先生とは離れて生きてはゆけません。

どんな形でもいいから、私は先生のそばにずっといたいのです。

「二〇一九年八月二九日」

手術から一年経過、先生はもう次の予約表をくださいません。もう病院に来なくてもいい、という事なのですか。これって失恋ですね。私がどんな思いでこの日、わが家にたどりついたか分かりますか。先生！

「二〇一九年一〇月三日」

先生と離れている間どんなに寂しかったか、それなのに先生は、君の病は内科だ。と私を放り出そうとなさいました。

凍てつく真冬の嵐が突然、私の頭上に降り注いだ瞬間でした。寒くて心細くて、私がどんなに泣いたか、先生、聞こえませんでしたか。

「二〇一九年一〇月二一日」月曜日

「先生腰が痛くなりました」

先生は私を少し高い椅子に腰掛けさせて足をちゅうぶらりんにさせます。自分の両手で私の足先を掴み「さあ、足さきに力をいれて、弱めて…」何度も何度も繰り返し、私の脚をテストします。

もう嬉しくて嬉しくて涙が出そうでした。

先生が私の足先を摑んでいること自体が感動なのです。

（先生、もうよその科に私を売らないで、絶対に…）

祈りにも似た先生へのお願いでした。

二〇一九年一二月二九日　日曜日
夕飯の後片付けをしてる時だった。電話が鳴った。
私は急いで電話の位置に行く。なぜか胸さわぎがする。
（然し待てよ、今日は日曜日だ、間違い電話かも）と考えながら受話器を取った。

「一本の電話」

二〇一九年一二月二九日、夕方六時過ぎ、けたたましく鳴る電話。

騒々しい音楽とも騒音ともつかぬ響きのなか相手は何の反応も示さない。

騒音は更に大きくなる。普通なら電話を切ってしまうところだが、もしかしたらあの人ではないか？

祈るような気持ちで待った「何とか言ってお願い…」しばらく間があって「ミ・チ・コ」

間違いない、声の主は森明医師である。ミチコと呼ばれるのも初めてであった。遠くで微かに「せんせい」と呼ぶ第三者の抑えた声も聞き取れた。これは病院ではない。

年末の二九日だから忘年会の打ち上げか？

電話の向こうの気配に神経を集中。息を飲んで次の言葉を待った。

何分くらい過ぎただろうか、プープーと言う電話の切れた音が広がってゆく。

すごく悲しいけれど、でもありがとう。一度だったけどミチコと呼んでくれたのね。

私はその言葉の意味を抱いて眠りについた。

眠りは浅いまま朝を迎える。

あの音楽と騒音の交じる電話のなかで「何とか言って」と私は懇願した。

その時先生が酔っ払っていたかどうか知らないけれど、電話が切れるまでの間に、かなりの時間があった。

その時先生は何を考えていたのだろう。
ああ、私は絶好のチャンスを逃してしまったのかもしれない。
私達のような間柄では、男から女ではなく、年上が年下を誘うのが常識だったようにも思えてくる。

二〇二〇年（令和二年）一月九日　木曜日
整形外科の扉の前の長椅子で順番待ちしている私は一瞬耳を疑った。
「浅川さん、浅川さん、三番にお入りください」
私が扉を開けかけると再度「浅川さん」と呼ばれたけれど、ミチコの名はもう永遠に呼ばれることはなかった。

次もその次も消えたまま…。
あの夜、ただ一度きりで最後になったミチコの名。その全ては、先生の心の中にしまい込まれたのですか。

教えてください。ミチコの行方…。

二〇二〇年（令和二年）二月一三日　木曜日

病院の前まで来たのに私は門を入るのを少しためらっていた。以前から越える事の出来ない一線があることは分かっていたが、当時はもっと大らかというか、柔軟に対応していてくれていた先生である。当然、私の存在など邪魔でも、重荷でも、なかったであろう。

「一本の電話」で私は知った。先生の心のひだの中に生まれた、ひとつの陰を…。

私は診察券を手に持ったまま手続きをしないで立っていた。その時、横の階段をテンポよく上って行く男が目に付いた。森明医師である。

先生の後を追って行きたかった。でも手続きしないまま彼の後を付いて行き、医師専用入り口から中に入る事は出来ない。

私に気づいた先生、二、三段階段を下りてきて、

「どうした、もうお昼だよ」と言うと、きびすを返し、再び、階段を上って行った。

（もうそんな時間）私は慌てて事務所窓口に診察券を通し別通路に向かう。

と言う事は本日の診察は既に終わったと言う事か。

でも診察券は事務室を通したのだから呼んでくれる筈。

私は診察室前の長椅子に腰を下ろした。

しかし、待てど、待てども、何の音沙汰もない。


扉が開いて顔を出したのは年配の看護師だった。

「どうぞ」と言うと看護師は通路に去った。


診察室、室内。

肉厚、色白、大きな手。が目の前にあった。

先生は何時もの椅子に腰掛け、机の上で自分の左手で右手人差し指を軽くマッサージしていた。

つぎは右手人差し指を左手で優しくなで始める。

昨日手術でもあったのだろうか？

その様子はあたかも労をねぎらっている図に見えた。

多くの人々が感謝した手、その優しい手で私もお世話になった。

私がこんな光景を見るのは、初めてであった。


入り口に立つ私をちらりと見た森明医師、笑みを浮かべてうなずいた。

（こちらに来いと言う事なのだろうか）

（いやそうではないだろう）

私は丁寧に頭を下げ診察室を後にした。

本年五月二五日新型コロナの緊急事態宣言が解除された。

早速私は麹町の村上開新堂にクッキーの予約を入れた。

（これは大変美味しい祝菓子である）

その為、予約が殺到していて、最短でも来年四月一六日まで待たないと品物は手に入らないと店側の説明だ。


コロナの二波三波の波が来たら、私の年齢では生きていられるかどうかも分からない。

新型コロナに勝ったお祝いがしたいです。

果たして実現出来るのか否か、神のみが知る現実に遭遇している今の私なのです。

新聞投稿・コラム

私はプリマ

地方の大学に通っていたひとり息子が東京に就職が決まり、わが家に帰ってきたのもつかの間、仕事の都合上、またひとり暮らしをすることになった。私は週に一度、息子の住む下町のアパートに片付けに行く。

ドアを開けたとたん、２Ｋの部屋の惨たんたる状況にしばし息をのむのだ。レジ袋やペットボトルの散乱。下着や靴下、ワイシャツのたぐいは脱ぎ捨てられた時の状況そのまま、さわれば体温が伝わってくるのではないかと思えるほどである。

前回重ねて置いたはずの文庫本や雑誌はなだれを打って崩れ、床が見えない。つま先立ちになって、塵芥（ちりあくた）の中を歩く。私はバレリーナ。白鳥の湖を踊るプリマである。敷きっぱなしの寝床。テーブル代わりに使用している布団のかけてないこたつの上には、お皿や茶わんがひからびて載っている。

洗濯機を回しながらポリ袋にごみを分別して入れ、お茶をつくって冷やしてやる。

これで二日くらいは飲み物を買わなくてすむだろうという母心。

やり過ぎだよ。どこかでそんな声が聞こえてきそうな。そうです。小さいころから厨房(ちゅうぼう)に入れて片付けを学ばせるべきでした。

私はワープロの前でエッセーに取り組んでいます。タイトルは塵芥と住む男。

スズメバチ

シナリオ教室に通い始めて三年が過ぎた。ワープロを持って山小屋にこもる。いっぱしの作家気取り。さぞかし大層な作品ができると思いきや、気が散って仕方がない。涼しさだけが取りえの当地。キツネとも顔なじみになった。一人だから買い物にも行かない。貧しい食料に耐えている。

二日前に炊いたご飯を焼きおむすびに、みそ汁の具はキュウリを千切りにして、ミョウガを散らす。これが不思議とおいしい。たまりにたまった洗濯物を片付ける。木と木の間にロープを渡し、衣類を干そうとした時、スズメバチがブンブン飛んでいる。見ると軒にみごとな巣ができているではないか。

遠距離電話でどうしようと息子に相談。刺されると死ぬから即刻、取ってもらえとの返事。ハチとり業者に聞けば安い金額ではない。ばかばかしいからやめた。しかし何とも美しい木工細工に似た、あの芸術的なスズメバチの巣を自分の所有物にしたい。

寒くなってハチがいなくなると、カラスが来て巣を壊してしまう。カラスが来る以前に、早急に人間の手で袋をかぶせる必要がある。いずれにしても命懸け。一度東京に帰り、再度来る楽しみができた。さてどうなることか。

心和む秋のひととき味わった

クローズアップ現代「秋・紅葉からのメッセージ」（六日・ＮＨＫ）は、国谷裕子さんの自然なナレーションで始まり、画面は鮮やかな紅葉を映し出し、二人の客人とともに日本の秋の素晴らしさが語られた。十二単（ひとえ）を思わせるあでやかな色。そして枯れ葉の下には固い緑のつぼみが潜んでいる。最後に、ひ孫と庭の手入れをする女性が映され、「こうして命はつながれていく」と番組は締めくくられた。心和む秋の夜のひとときだった。

六十代の失恋

ご結婚おめでとうございます。お兄さまや、お姉さまとは年が離れて誕生なさった史子ちゃん。大勢の大人の中で一身にその愛を受けてお育ちになったことでしょう。あなたが三歳くらいだったでしょうか。経堂のおうちの新築祝いにうかがった折、ピカピカの廊下に立ち、セーター姿で出迎えてくださいました。

あまりにもあどけないお姿がかわいくて、私は思わずあなたの肩を抱き締めたのです。その時のフワッとした感触を、今でもはっきり記憶しています。

男の子しか育てたことのない私に、女のお子さんって、こんなにもやさしさを持っているのかと新鮮な驚きでした。そのお嬢さまが、ご結婚。自分が老いているのには気づかず、月日の流れの速さに感慨を覚えます。

この間、お母さまに無理を言っていただいたあなたのお写真。若い頃のお母さまにそっくりですね。どうぞいつまでも、お美しくお幸せに。

ここまで書いて私はハタとペンを止めた。言いようのないむなしさが込み上げてきた。

史子ちゃん、あなたに「お母さん」と呼ばれたかった。息子の嫁になってほしかったと気づく六十代の失恋。

絶望からの出発

「三十年後の日本はどうなるのだろう」二十八歳の息子は不安げにつぶやく。彼の次の言葉が私を打ちのめした。「会社をやめて僕は政治家を目指す」

そんなばかな、そんな夢みたいなことと言いかけて言葉をのんだ。四十数年前、私は女優になりたくて、親の反対を押し切って岡山から上京した当時を思い出す。映画会社に入社したものの、結果は惨めなものだった。

今、息子の決意を思いとどまらせることはできないだろう。「どうやって始めるの」。私の口を突いて辛うじて出た言葉。もう段取りは既につけてある。取りあえず都議選候補の応援から始める。

それでは事後承諾ではないの、と言いたいところをまた、グッと我慢。昔の私がそうであったように、これが若さというものか。

「やってみろ」私は言ってしまっていた。夫が生きていたら言うであろう言葉を。

海のものとも山のものとも分からない危険なかけを承知で、若者の政治離れを取り戻すという「絶望からの出発」を。

失敗を恐れていてはなにも生まれてこない。最近、総理候補の一人が言ったあの同じ言葉。

ライバル

一昨年の秋、友人の夫が死んだ。しかも自殺。相思相愛の二人は手に手をとり、駆け落ち同然に、北海道から東京に来たというのに。

後追い自殺しかねない彼女を、私は自分の通うシナリオ教室に無理やり入学させた。彼女は夢中で作品を書き続ける。よし、その調子、私は彼女にエールを送る。同じ頃、私はものが書けなくなっていた。ひどいスランプが続き、一年半の歳月が過ぎた。

元気になった彼女から短編作品と手紙が届く。私はひどい驚きとショックを受けた。詩情豊かな不思議な世界が展開していた。私はもう彼女についていけない。胸がふさがれる思いにかられる。

私は純粋に彼女が立ち直るのを願ったはず。ところが今、醜い、心の狭い自分が、彼女の才能にしっとしている。

手紙には作品に対する悩みがつづられていた。何をぜいたくなバカ野郎。もうだんなさまのことは忘れたと言うのか。いやそれでいいのよ。

「もう大丈夫ですね。うんと悩んで苦しんで、たくさんいい作品を書いてください」

私が彼女にあてた手紙、それは自分自身に言い聞かせる言葉であった。

けがれ

その日、私は饒舌だった。レストランのテーブルを囲み、三人の男たちに相撲部屋へ朝げいこを見に行った時の様子を話す。

倒れては起き、息も絶え絶えに相手に突進して行くすさまじさを身ぶり手ぶりを交えて話す私の声だけが室内に響いていた。

にこやかだった彼らだが、「男が裸で、絡み合うのがそんなに面白いか」ときた。私は反応せず続ける。「チャンコを食べる時、笑顔を生で見た。土俵では見ることのできないあの顔」

多分、私はうっとりした顔をしていたのであろう。男たちは一斉に吹き出した。「付け人になって明け荷でもかついだらどうだ」二人目の男が発言する。「だめだよ、女は不浄だから」

不浄と、のたもうたこの男、現在の関係は友達以上、恋人未満といったところか。

六十歳を過ぎた日本の男はまだまだ封建的。

「不浄な女から生まれ、不浄な女を妻にし、不浄な娘に囲まれて、よく息ができるわね」私はこぶしを振り上げていた。

もう一人の父

猛暑の続く七月下旬、その人は九十一歳の生涯を終えた。お見舞いのつもりでかけた電話で、息子さんから、一週間前に葬儀を終えたことを知らされる。

私はただおろおろするばかりで何も言えない。淡々と語りかけてくる電話の向こうの声は本人と間違うくらい似ている。

お線香をあげに、初めて行くその人の家。初めて会う息子さん夫婦に故人との関係をどう説明しよう？

少し戸惑ったが、やましいことは何もない。ありのままを話した。勤めていた映画会社が倒産。臨時にパーティーのお手伝いをしていた頃知り合った。以来三十数年になると…。

その間、私は銀座に店を持ち、息子が誕生し、夫をがんで亡くした。浮き沈みの激しい一部始終を、その人はすべて知っている。何でも話せる、私のもう一人の父だった。

でも、家族に内証にしていたのはなぜ。ふと、その人の心をのぞいてみたくなった。形見にいただいた絵を眺めながら問いかける。

はっと気付く。愛だ。それ以外の何ものでもない。その人が日夜眺めていた風景画の中に、私の心が解けていった一瞬。

山手線で泣き叫んだ男の子

幼児虐待が問題になっているが、先日、ＪＲ山手線の電車に乗った時、こんなことがあった。

若い母親のスカートを引っ張りながら、火がついたように泣き叫んでいる四歳くらいの男の子がいた。電車のドアが閉まるや否や、その子はじだんだを踏みながら母親に抗議している。

最初はなんのことやら分からなかったが、電車が次の駅に止まり、ドアが開いた時、男の子は、おしっこをしたいのだと分かった。母親に、ここで降りてくれ、と頼んでいるのに、新幹線の長旅で疲れているとかなんとか。「だから言ったでしょう。乗る前におしっこは、だいじょうぶかって……」と。頑として電車を降りようとしない母親。

見かねた私は「お母さん、降りてあげて」と思わず言ってしまった。男の子はすがりつくような目で私を見た。

しかし、無情にも電車のドアは閉まる。男の子はとうとうおもらししてしまった。母親の手提げバッグから取り出したタオルで、ズボンの前を隠し、私の顔をじっと見詰めているその子が、私は哀れでならなかった。これこそ幼児虐待ではないか。

これで眠れる…

「冬のソナタ」のＤＶＤを買いました。いっぺんに見てしまうのが惜しくて、ＮＨＫで放送された後、ＤＶＤによってもう一度丁寧に見直していました。

白一色の雪景色、音楽も、セリフもすべてが素晴らしく、私の心をとらえて離さないのです。

ところが十八回目の放送の終わった後、あまりにも主人公の二人がかわいそうで悲しくて、このままではとても眠れない。ついに残りの二巻を深夜に見てしまったのです。

ああよかった。ほっとした。これで眠れる。しかし来週再来週の楽しみがなくなってしまったことに気づきガックリしたのです。

息子がおなかを抱えて笑います。僕の母親がこんなミーハー族だったとは…。

韓国は儒教の国。先祖を大切にし、理不尽と思うことでさえ親を責めたりしない。

ところが息子は半分親をばかにして面白がる。ドラマの中のチュンサンやサンヒョクが息子だったらよかったのに。

終わってしまったけれど「冬ソナ」から当分解放されることはなさそう。

後ろ姿

明け方、風の音で目が覚めました。台風並み、いえそれ以上でした。マンションに住んでいますと、雨風の音はほとんど聞こえないのですが、今朝のすさまじさは特別でした。

うとうとして再度目を覚ました時は、日がいっぱいさしこんでいました。窓を開けるとイチョウの葉が歩道一面に黄色いじゅうたんを敷き詰めています。

つえをついた初老の男がおぼつかない足取りで歩いていきます。

この季節になると、ぬれた葉っぱに足を取られてすべらないようにと気をつけながら、細心の注意を払って歩いていく後ろ姿を思い出すのです。

事情あって夫と別居していた頃、自分の洋服を一枚、また一枚と息子に届けては帰っていく姿が今でも胸をえぐります。

振り返り手を振る姿は、これで見納めになるかもしれない…そのつど覚悟して見送ったものです。

あれから十年、父親の洋服を着た息子は滑りそうになるイチョウの葉の上を、上手にバランスをとりながら速足で去っていきます。振り向きもしないで。

お手伝いさん

約三十年前、高齢出産で産んだ子どもをお手伝いさんに託して、私は働きに出ていた。太った初老の彼女は、優しい家庭的な人で、それはよく息子の面倒を見てくれた。子どもがこぼしたご飯を拾って食べ、背中におぶっては洗い物や片付けをしていた。彼女のおかげで、私は仕事に熱中できた。

母子家庭を支えてくれた彼女はその後、老人ホームに入った。何度か会いに行ったが、このところごぶさたしていた。ところが突然の訃報。身寄りがないので寂しい旅立ちだろうと思い、私は息子と二人かけつける。あにはからんや、想像以上の人々が控室にいた。彼女の人柄がしのばれた。

それにつけても思い出すのは彼女のレインコートを買いに行ったときのこと。合うサイズがない。一番大きいものでもバストがぎりぎり。店員がお年を召した方は胸が下がっているのでこれで大丈夫ですと言う。

すると、幼稚園児の息子が「そうなんだよ。おふろに入るとオッパイが浮いちゃうんだよ」。

彼女は毎晩、息子をおふろに入れていた。私の話に、二十八歳の息子は少しきまりの悪い顔をしたが、葬儀場の控室は全員爆笑となった。九十五歳という長寿を全うした明るいお葬式だった。

息子の虐待も耐え忍び子守

緊急を知らせる犬の鳴き声に振り向くと、一歳の息子が歩行器ごとベランダに倒れそうになっています。

三十二年前、私は昼間は家事を、夕方からは子どもをベビーシッターに託して働きに出ていました。この頃、愛犬デコは、忙しい私に代わって子守をしていてくれたのです。

ところが、時に息子によって虐待を受けることがありました。たくさんの玩具を積んだ中に閉じ込められたり、口の中に手をつっこまれて、それでもあんぐり口を開けたまま耐えていたのです。

ある日帰宅すると、ベビーベッドの足元にデコがぐったり倒れています。抱き上げると間もなく息を引き取ってしまいました。私の帰りを待っていたのでしょう。

幼児ののどに犬の毛が入ってはいけないという理由から、息子の誕生以来一度も抱いてやりませんでした。かわいそうなデコ。

「ごめんネ」。私は彼女を抱き締めたまま、とめどなく流れる涙をどうすることもできませんでした。戌年の初めに思う犬の思い出です。

葉桜を見に行こう

桜の花の散る頃彼女は逝った。

五十年来の友を失った私はたとえようのない悲しみと後悔の中にいた。闘病中幾度か電話をもらい、何げない会話の中で口にこそ出さないが、「お金がないの、助けて…」、彼女はそう叫んでいた。私は無視した。

二十歳の頃、映画界という特殊な世界で出会い、楽しい日々を生きてきた。いい時だけが友ではない。本当に困った時こそが真の友ではないか。彼女が笑いながら泣いているのを私は知っていた。それを気づかぬふりをした自分が許せない。死から一年が経過した今も胸はつかえたままだ。

思い切って彼女の一人息子に電話を入れてみた。元気な声が返ってきた。母の植えた桜が大きく育ったから見に来てほしいとのこと。そうか家は売らなくてすんだのだ。少しほっとしている自分がいた。近々行こう、葉桜を見に…。

天国からの花束

電話の向こうから彼女の弾んだ声が聞こえてきた。「天国から花束が届いたの」

彼女は昨年夏、夫を亡くした。本年四月に迎えた結婚記念日。遺影に向かって語りかけていた時、宅配便が届く。発送人の名前は夫のフルネームになっている。一軒家に取り残された八カ月の日々が吹っ飛んだ。花束と一緒に等身大の夫がそばに立っている錯覚にとらわれていたという。

葬儀の時でさえこんなに涙が出なかったのに、もううれしくてうれしくて、花束を抱いたまま、声を上げて泣いたという。

何という優しさなんだろう。この企画を実行したのは彼女の末娘の史子さんだった。今は夫君と仙台に住む二児の母。天国からの花束はあなたの母君のみならず、私の心をも和ませてくれました。ありがとう。どうぞいつまでも、お美しくお元気で。

世話やけるかわいい嫁

　息子の結婚が決まった時のこと。お嫁さんの家族構成はお母さんとお兄さんのみ。働く母親に代わって、家事一切を引き受けていたのなら、息子の妻となってもさして困ることもなかろうと考えていた。

　これが私の勝手な想像だったことが、やがて明らかに。まず料理はしたことがないという。洗濯物は伸ばさずにクチャクチャのまま干す。ボタンが取れても、針を使うすべを知らないのだ。

「ＳＯＳ」が届くたびに私は電車に乗り、息子の新婚家庭へ。

「おかあさ～ん、おねがい」の甘ったれた言葉に「全くもう…」と思いつつ、不思議と腹が立たないのだ。それどころかかわいいのだ。まるで娘を授かったような錯覚さえおぼえている。

　ノンビリ屋さんで、ちょっと鈍感。私が少々きついことを言っても、どこ吹く風とばかり。これはとても素晴らしい長所。

そういえば結婚前に「娘は箱入り、いえ段ボール箱入り娘ですがよろしく」と言ってあいさつした先方のお母さん。

その善しあしをいうのはやめよう。私も同様に「箱入り息子」を育てたのだから。

卵料理

新婚二年目を迎えた息子夫婦。

ある日、夫は仕事帰りに十個入りパックの卵を買い、冷蔵庫に入れる。翌日、妻はオムレツの練習をするが、うまくいかない。失敗した卵四個をお昼に食べてしまった。帰宅した料理好きの夫は、腕をふるおうと冷蔵庫の扉を開ける。「あれっ、卵が四個足りない！」妻は黙ってうつむく。

彼女は自分の胸の内を理解してもらおうと親しい友人に話した。すると友人に「卵を数える夫なんてキモくない？」と言われ、ますますいたたまれなくなり、とうとう姑（しゅうとめ）である私に、その一部始終を話して聞かす。

私は吹き出したいのを我慢しながら嫁の顔を見ていた。「お母さん、フライパンの上で卵が固くならない方法教えて…」うなずいたものの、卵料理は私もあまり得意ではない。四十八歳も年の離れたこの嫁が実の娘のようにかわいい。何とか努力してみよう。

白桃におもう故郷

開けたとたん、故郷の香りがただよった。薄紙に包まれた白桃が並んでいる。故郷岡山を離れて半世紀。十五年前に父が亡くなった後、毎年送ってくれるのは弟のお嫁さんである。

息子が小学生の頃、私は故郷の気候や生活をよく語り聞かせた。エアコンはもちろん、湯沸かし器もなかった。瀬戸内海の凪（なぎ）。風のない夏の夜の暑かったこと。屋外の水道が凍りつき何度も湯をかけ栓をねじって顔を洗った冬の朝――。

すっかり住みにくい土地と勘違いした息子、ある日学校から帰るなり、「お母さん！」と言ったきり私の顔をまじまじ見つめている。岡山の気温の試験問題に間違った答えを書いてしまったと悲しい顔。ごめんネ、あの時、抱き締めてやればよかった。

正しい答えは「温暖」。だからこんな見事なおいしい桃が育つのです。ギッシリ詰まった桃の箱を眺めながら、言葉が足りなかったばかな母親を悔いた。でもふと笑みを浮かべたくなる懐かしい思い出に浸る一瞬でした。

悲しみを共有する

親友の夫が亡くなった。お花を持って急ぎ駆けつける。

子ども四人、孫十二人の大家族に囲まれて静かな眠りについているジイジの顔は安らかそのもの。妻である彼女は次々と訪れる弔問客の対応に追われていた。その上、いろいろな準備や打ち合わせ。もうテンテコマイ状態。

すべてが終わった時、彼女がつぶやいた。「夫と二人だけの時間が全くなかった」と。

私は不意に胸を突かれた思いだった。自分が経験した苦い思い出をなぜ教えてあげなかったのだろう。息子や娘たちに「少しの時間でいいからお母さんを、お父さんと二人だけにしてあげてね」そう言ってあげればよかった。

しかし後悔してももう遅い。それより今、私にできることは何だろう。伴侶を失った悲しみを共有することくらいだ。

子どもや孫では埋められないポッカリ開いた胸の穴、自分が立ち直った経緯を話すことで、親友としての最小限の役目を果たすことができるだろうか？

神からの贈り物

嫁の慌てた声が受話器から響く。「お葬式なんだけど私、喪服持ってないの」「貸してあげるから取りにおいで」「でも時間がないの」仕方なく喪服を持って最寄りの駅に向かう私。

やれボタンがとれた。魚がうまく焼けない。結婚して三年。その都度、私が出向いた。しゅうとめをあごで使って涼しい顔の嫁。誰かが言った。「いいじゃないの。甘えてるのよ」四十八歳も違う孫娘のような嫁。娘を持たない私に神がくれた贈り物なのかもしれない。それにしても変な贈り物。好きなものは雷にヘビにカエル。「子どものころカエルを捕まえてプヨプヨしたおなかに触るとオシッコしたの」いたずらっ子さながらケラケラ笑う。

桁外れの新鮮さに退屈しない日々。嫁しゅうとめ戦争を一度やってみたいと思うが、柳に風、ぬかにくぎ。私にないものを持っている。第一、方向音痴の私には彼女は必需品なのである。

うちの嫁

黒うさぎの縫いぐるみを持って嫁に来た久美子。なんて幼稚な…と最初は思ったが、死別した父親にまつわる代物と知って納得した。

今ではうさぎの縫いぐるみのほか、ウォンバット、カピバラ、ウーパールーパー、豚までいる。部屋に何もないのをよしとする私まで感化され最近、かわいい犬の縫いぐるみを買った。ひとつでは足りなくて、またひとつ、ひとつと、物色している自分が何ともおかしい…。

喜んだのは嫁だ。自分と同種類のしゅうとめがいるのが楽しいらしく、何かとちょっかいを出してくる。二人でデパートを歩くと、「わあ！　かわいい…」の連発。誠に奇妙な娘と高齢の女性の二人連れである。

ひとり蚊帳の外の久美子の夫、つまり私の息子は人からよく「君は幸せだね」と言われると言う。複雑な顔をして受け止めてはいるものの、まんざらでもないようだ。

息子の演出？

息子夫婦の住まいを訪ねたある日のこと、ダイニングの椅子に黄色い大きなアヒルの縫いぐるみが置いてあった。邪魔なので「どけて」と言ったら、「ヒヨ様（アヒルの名）がテレビの漫画を見たいから椅子から下りたくない」と言う。

息子の説明に同調してニコニコ笑う嫁。ゲームセンターのＵＦＯキャッチャーでゲットした縫いぐるみが部屋にあふれ、始末に困ると私の家まで運んでくる。ハートの模様が付いたウサギの縫いぐるみは「アイちゃん」、桜の花びらが付いているのは「吹雪ちゃん」と名前付きでのご登場だ。

私は何もない部屋が好きだ。すっきり片付いた室内に好きな絵が一枚。これが私のスタイルなのに、何という光景だろう。思わずため息をつきそうになるのをぐっと我慢した。視点を変えればこれもまた楽しいか。柔らかいものに触ると気持ちも和む。ふと思った。この景色を大切にしようと。

秋の夜長に

「昔つきあっていた男性が死んだ。その人の妻から、一緒に住まないかと誘われている。どうしたらいいと思う?」

友人が私に問いかけた。

「近い将来、どちらかが介護するかされるか、そんな日が来る。それも嫌でしょう」

私のとがった答えに、友は失望の色を見せた。

そこへ、わが息子がしゃしゃり出た。

「夫の死を…恋人の思い出を…共に語れる相手がいるなんて、素晴らしいと僕は思うよ」

私の人生の半分しか生きてない息子の成長の足跡を見た。驚きと戸惑いで言葉の出ない私。

日頃から文学書を読みふけっている彼の心に、あたたかい血が流れていた。多分、相談者のやりきれないさびしさを感じ取っての発言だったろう。
三角関係という現実を超越した死の世界とは、そういうものなのかもしれない。
思いにふける秋の夜長である。

二番花発見涙あふれる

豪華な胡蝶蘭(こちょうらん)の鉢植えが届いた。三本立て弓なりの枝にびっしり花が付き、薄紙で優しく包まれている。傷つけないよう丹念に紙を取り除いてみると、何と驚いたことに、花は弱り切って垂れ下がり、今にも地面に落ちそうな状態なのだ。

お祝いに頂いた花なのに、縁起でもない。ショックだった。何か運命を暗示されたようで…。私はそれから二週間、電話もメールもゼロ。誰とも話をしない日が続いた。

ともかく、花の咲いていた部分を切り落とし、朝に夕にため息まじりで眺めるものの、心はふさがったまま。それから何日か過ぎたある朝、切り落とした主軸の下に、二番花の小さな芽を発見し、涙があふれてきた。うれしくて、うれしくて胸がいっぱいになった。

「生きていた。胡蝶蘭が生きていたの」早速、友人や、嫁や息子に携帯メールの連発。将来たわわに花咲く日を想像しながら、今日も芽をいとおしむように私は霧吹きを使う。

水曜日のデート

ポイント五倍の日、スーパーで会う約束の時間は正午。カゴをさげて歩く私を見つけ、小走りに近寄ってくる彼女。「おかあさん、あっちにカワハギ売ってる」私の息子と結婚し五年目、息子の好みを知り尽くしているからこその発言だ。

本日の支払いは私。道理で高級魚をねだってきたわけだ。彼女の顔がいたずらっぽく笑っている。「お刺し身にして、肝をつけて食べるとうまいんだ」と言っていた食いしん坊の息子の顔が浮かび、買うことにした。

あとは野菜や果物。五割引きの肉類、パンの類を買い、同じ沿線に住む私たちは、荷物をさげて駅の階段を上る。

先に電車を降りる彼女が別れ際に突如、言った。

「おかあさん、お誕生日の贈り物何がいいかしら」

「大好きな羽生結弦そっくりのロボットがいい」

あっけにとられた彼女の顔、ホームに降り立ってプーと吹き出していた。
水曜日、午後の一時。

愛情の押し売り

仲の良さが自慢の家族だった。だが、ついに爆発した。

息子が休みのある日、あれこれと用事を頼み、翌日は「何かおいしいものでも」と息子夫婦を誘い出そうとした。瞬間湯沸かし器のように息子が叫んだ。「母さん、僕にもすることがあるんだ」似た者母子の言い合いは続く。間に立った息子の妻は、ただおろおろするばかり。

私は人生の残り時間が少ないと思うと、息子たちとかかわっていたかった。できるだけ近くにいたいと、同じ沿線の二駅先の場所に移り住んだ。

息子にとがめられ、心の中で「母子家庭で大変だったのに」とつぶやいたが、口には出さなかった。恩きせがましい言動は避けてきたつもりだが、愛情の押し売りをしていたことに、はたと気づいた。

悲しくて、情けなくて、行き場のない自分。携帯電話が鳴った。嫁のゆったりした声が耳に優しく伝わってくる。私のほほには、涙がぽろぽろ…。

お姫様抱っこ

寒い日が続いたあと、気温が突然二〇度に上がった早春のある日、タクシーから降りた途端、平衡感覚を失って尻もちをついた。急激な気温の変化についてゆけず、三半規管が悲鳴をあげたのだ。

同乗していた嫁が手を差し伸べてくれたが立ち上がれない。その時、一人の男性が近づき、私を軽々と抱き上げ目の前のマンションロビーのソファまで運んでくれた。お礼も言わないうちにその人は風のごとく去って行った。

あっけにとられていた嫁がボソリとつぶやいた。「お母さん、お姫様抱っこしてもらった」その言葉に次は私が慌てた。本当だ！　めまいのせいとはいえ衝撃的だった。「どんな人だった?」嫁に聞いたが「色黒で、あとは…」と記憶は曖昧。以後、マンションの入り口付近を通るたびに私は思い出す。韓流スターのキム・ミョンミンに似た人だったような…。勝手な想像で胸をふくらませる自分がここにいる。

弟

和歌山駅から十五キロ、車で四十分ほどだった。運転者は息子。途中で私の妹を乗せ、現地に向かった。

玄関を開けたが応答はない。間があって、出てきた初老の男は目を見開いたまま無言で立っている。私たちを自分の姉、妹だと認識するのに時間がかかった。

前立腺がんの手術をして一週間というのに、歩いている。驚きが先に来て、次にホッとする。ロボットが手術をしてくれた、と語り始めた弟。手術の時、私の写真を握りしめていたと言う。もし死ぬようなことがあったら、墓に写真を納めてくれと遺言したとか…。

お金がなくてガスが止められたこともあった生活。がんはステージ3になっていた。母を早くに亡くし、学校に行かない、と駄々をこねた弟を、やや暴力的に玄関から放り出した昔がよみがえる。てっきり私を恨んでいると思っていた。

帰りの車中、妹は言った。「彼にとって、お姉さんはお母さんだったんだ」

不意をつかれ、言葉はなかった。

弟妹

十二歳の時、母が死に、私は二人の弟と末の妹とともに父子家庭で育った。私が岡山を離れ、東京に出てきたのは十九歳の春。父はすでにいないが、きょうだいのつながりは復活した。上の弟が岡山に残り、下の弟は和歌山、妹は大阪にいる。

「母のことを書いた手紙がほしい」と私に訴えてきたのは下の弟だ。「妹を背負った母の後ろ姿しか、僕には思い出せない」と。

母からの恩恵を一番多く受けたのは私だ。応える義務があるとばかりにペンを執ったが、書けない。

過去の日記から母の記事を引っ張り出し、不必要な部分を消し、残された文章を組み立てる。「文章を書くってたいへん」と言ったら、弟は分かってくれた。電話口で、自分がいかに近所の人に愛されているかを語り始めた。その雄弁なこと。うれしかった。

妹からはメールで初孫の成長の便りが届く。こうして報告が受けられる長女っていいな。悦に入っている最近の私である。

妹に孫ができて

　妹から孫が生まれたと写真つきのメールが届きました。幼い頃から幸薄く、大人になってからも苦労の絶えなかった妹にやっと女神がほほ笑んだのです。

「名前はひよりちゃんというの」妹のうれしそうな顔が脳裏に浮かびました。でも、素直に「おめでとう」と言えない自分がいました。結婚四年になるわが家の嫁には子どもがいません。「赤ちゃんまだ?」無神経に質問してくる他人が疎ましく、腹が立っていました。

　妹の孫誕生を喜ぶべきはずなのに、姉である私の心はなぜか悲しいのです。ねたましさのみが増幅していく自分が哀れでした。窓越しに見るベランダに雪が降っていました。汚いものを覆い隠してくれる雪。神様お願い！　私の醜い心を雪とともに解かしてしまってくださいと心の中で祈りました。

　翌朝、私はひよりちゃんの産着を買いにデパートに向かっていました。

朝の音

朝四時、隣室で目覚ましが鳴る。扉が開く音。洗面所の水の音。一人暮らしのわが家で、朝の音を聞くのは何年ぶりだろう。妙に懐かしい気持ちがこみあげる。奈良へ出張する息子が、「おふくろのとこから東京駅に向かうほうが便利」と、昨夜から泊まっている。

息子は下着から順番に身に着け、スーツを着る段になって、「あれ、紺色のセーターがない。寒いから背広の下に着てきたはず」と言う。広くもないわが家をあちこち捜したが、見つからない。時間が迫り、「母さんもういいよ、大丈夫」と、最後にコートをはおり、息子は出掛けた。

掛け布団を包んでいた紺色の風呂敷に、セーターはからんでいた。慌てて外に出てみたが、もう息子の姿はない。自宅に戻り、ベランダに出た。

暗闇の中、五十メートルほど先に、最寄りの明大前駅のあかりが見える。上り一番電車が出る寸前だった。

「いってらっしゃい」

春の嵐が吹いた日のことだった。

空襲で弟の手離し焦る

昭和二十年六月二十九日未明。空襲のサイレンが鳴ると同時に、窓に赤い炎が映った。岡山市の繁華街近くに、私たち一家六人は住んでいた。

市内を流れる旭川の河原に避難すべく、三歳の妹は母の背に、五歳の弟は父におぶさり、私は九歳の弟の手を取り、燃えている場所を避けながら走った。

ヒュー、バリバリ…。強烈な音を立てて焼夷弾の破片が降ってくる。建物の陰に身を潜めた瞬間、弟の手を離してしまった。「Tちゃんどこ、Tちゃん」必死で叫ぶ。一緒に走っていた両親の姿も見えない。大勢に交じって坂を上り、坂を下ると、河原に出た。

「Tの手を離すな」先ほどの父の声が耳に蘇る。捜さなくては。弟はあの火の中かも。足がガタガタ震える。引き返そうと決した時、母にくっついている弟を見つけた。残酷な光景の中で…。「あの時手を離してしまったのは、今でも胸が痛いの」最近、弟にそう言うと、「先に離したのは俺だよ。道に捨て置かれた家具を手でよけるため」弟の優しさが身に染みた。

整形外科医と私

昨年八月に自宅で右手首を骨折し、手術をした。診察に通うようになって半年、医師への感謝の気持ちと並行して、あこがれとも愛ともつかぬ心が私の中で育ち始めていた。

風が強い日、歩道で転んで、顔を地面に打ち付けた。歯が欠け、顔にアザができたが、それは問題ではなかった。瞬間、右手を後ろに回し、かばうことができてよかった。暑さの中、汗を流しながら私の右手首にメスを入れ、傷を治してくれた医師の努力を思うからである。

その後の診察で、転んだ話を医師にした。私の傷痕に指を二本当て、なでる医師のしぐさ。うれしい瞬間である。でも、私は自分の心にふたをした。

自宅で思い出し、傷痕に医師の体温を感じると、私はもう夢の中。寝付きが悪いほうだったのに…。医師はいつから私の睡眠薬になったのか。

多分、医師は傷口から私の心を見抜いている。控えめな口調も、私の心を傷つけまいとする気持ちからであろう。

あとがき

私がコラムを書き始めてもう三十年になります。

一人暮らしの空間を埋めるためには、四百字程度にまとめた文章が適当でした。

その中には親兄弟や嫁や友人も必要に応じて適当に現れます。

時間が経過しても、あの時はこうだった、ああだったと思いだすだけで楽しいのです。

日記もそうですが、コラムが日記と違うのは、瞬時にその時点に立つことが出来る描写がある事です。

さて今回初めて（小説）医師とのプラトニックラブを書くにあたって、かなりなやみました。

今までのコラムの様に、喜怒哀楽を簡単に書けないのです。

時間の経過と共にお互いの感情の変化、相手を傷つけまいとする努力、でも愛してる、と言う両輪にはさまれていたからです。

相手がどういう環境にあろうと、決してそれを壊してはならないルールがありました。その限りにおいて、私の中では愛は永遠であることを知ったのです。

著者プロフィール

曽我 佐和子（そが さわこ）

昭和8年1月9日　岡山県生まれ。

高校在学中から数年、山陽新聞社の専属写真モデル。

昭和27年、上京。TFMCでファッションモデル。

モデルとしては、身長が足りない為昭和33年、女優に転向、大映東京撮影所勤務。

大映倒産後、銀座でアルバイトしながら、テレビ出演等で生活を維持。かたわらシナリオ教室で勉強。

医師の手　整形外科医と私

2021年3月15日　初版第1刷発行

著　者　曽我 佐和子
発行者　瓜谷 綱延
発行所　株式会社文芸社
〒160-0022　東京都新宿区新宿1－10－1
電話　03-5369-3060（代表）
03-5369-2299（販売）

印　刷　株式会社文芸社
製本所　株式会社MOTOMURA

ISBN978-4-286-22377-3